우주

우주

박지애 시집

불교문예

지구인들 무슨 말을 할까?

천상의 말은 하지 못한다

외계인들이 오기 전이나 온 후나

말은 지구 안에서

지구 벗어나지 않는 말을 한다

지구 밖 우주를 가르쳐 주었으나

지구의 말은 외계인들이 설법 후에도

탐진치 이럭저럭 섞은 말이고

12연기 중 한 단어이고

생로병사 뱉어낸다

무엇보다 충성해 마지않는 '돈' 이야기다

청춘도 노인도 혀 밑에 '돈'을 품고 있다

입을 열면 '돈'이야기 쏟아진다

입속 혀 밑에는 돈으로 인한

허영 질투 살인 설움 폭행… 혀에 박혀있다

설법들을 기억하면

천상의 말 몇 개쯤 따올 수도

별들의 단어를 얻어 올 수도

그러나 존경해 마지않는 돈에 밀려

설법은 우주로 갔다

싸구려 지구 말 MONEY

　－「말」 전문

|차례|

■ 시인의 말

제1부 우주와 contact —————

제2부 육바라밀

제3부 외계인들

제4부 둘 중 하나

제5부 우주

제1부

우주와 contact

탈출

세밀한 끈 – 인연–에
잡히던 마음이 뚝 끊어졌다
소리가 뚝 마음에 들렸다
거미줄에서 달아난 나비
왕거미가 달려오기 전에
날개 우주로 퍼덕였고
중력에서도 탈출했다
중력의 수갑을 풀어
교도관–중력–피하며 수직 비행으로 달아났다
그러나 '날음'을 멈췄다
탈출 순간이 왔지만 나비 서글펐다
육체로 인한 걱정 가득하던 지구
상처뿐인 날개
조각 떨어져 지구에 박혀있다
아무 일도 아닌 듯 우주 속으로
들어가지 못했다
몸의 시간은 잊지 못할 것이다
대단한 별이고 지독한 별이었다

인연

그런 식으로 인연은 얽히고
얽혀서 흑백으로 뚜렷하진 않다
내가 너이기도 네가 나이기도
선방禪房에서 믿다가 선방을 나서면 잃기도 한
얽힌 거미줄에서 내 줄을 찾긴 어렵다
'나 여기 있어요'
붓다에게 거미줄 안에서 손짓했다
'갈게요'
붓다의 손을 잡았지만
거미줄은 무서운 거미가 점거하고
석가의 손을 잡고도 육체는 거미줄에 엉켜있고
거미줄은 질척댔고
왕거미 실 잣는 소리는 지구 가득하고
중력은 지구 가득 ENERGY다
중력과 거미줄
그러나 붓다가 나이고 내가 붓다이다

마음과 육체

육체와 마음 하나였고
하나로 아팠다
선정 모자란 탓이다
그날 명상에서
오랜 통증을 봤다
마음이 통증을 본 것이다
고통은 육체의 몫이었다
몸과 마음이 섞여서
뚜렷한 형태가 없던
구별할 수가 없이 엉켜있던
마음과 육체 확연히 둘이었다
석가를 알아들었다
마음과 육체가 갈라서며
마음과 육체가 둘로 보였고
순간 마음은 육체 밖으로 나왔고
날았고
육체는 홀로 아팠다

석가의 땅

지구 노년에 누릴 수 있는 '새것'

지도地圖를 펴고 새로움을 찾지만

없을 것이다

오랜 시간 보낸 지구

밟아 본 땅이다

내내 디딘 땅이다

무표정한 시간

지구의 지도를 접고 석가의 지도地圖를 폈다

새로운 땅이 있다

수행으로 새 땅이 보인다

반야로 새 땅을 사들였고

지혜로 PASSPORT 도장을 찍었다

도솔천 타화자재천 사왕찬……

새 땅을 얻었다

선명히 믿었다

깊어지는 관계

석가의 땅이 다가온다

땅 1

지난밤 보낸 편지엔

땅이 있다는 전갈傳喝을

'깨끗한 땅이며 선정으로 밥 먹고

배설하지 않는다'는

소식 보냈다

낮에 명상에 답장을 보낸다

'구미가 당기고 가격은 얼마인지?'

'가격은 반야이고 인테리어는 보시로 가능하다'는

슬쩍 들은 법문이 노후를 책임진다

법문이 없었다면 노후

절벽!

땅을 옮기고 있다

사실적이기에

화엄의 토씨 하나 사실이다

화장세계는 정확한 지도로 완성됐고

있다!

젊음에 보이지 않던 지도

어려운 강

뗏목을 믿기에 깊은 강을 건넌다

진실로 건넌다

화엄 속으로 걸어 들어가는 것

화엄경 펼쳐놓고

끄덕이며 깊숙이 들어간다

존재한다

후퇴하진 않을 거다

그러나 은하 샛노란 별이 파도를 치자

은하 가스 소용돌이에서 뗏목 얼어붙는다

처참하게 기어온 시간들

강을 건너는데도 지독한 시간들이 보였다

기억이 마음에서 파도를 친다

피안을 건너도 기억이 상처로 남을까?

아제 아제 바라 아제

관자재보살을 불렀다

중력이 기억을 놔줬다

글의 증명

글을 쓴다

치매 깜박거릴 때

송두리째 잊은 것 같다

살았던가?

주름들이 산 흔적이긴 한데

깊이 있게 파인 청춘과 노년의 이력

그러나 누구 얼굴인지?

그나마 한줄 한줄이 고맙다

무명 속에서 무작정 무명이라도 적던

12연기 속에서 그저 연기라 적은

긴 중생의 글들이 두려움에서 꺼내 줬다

생각 끊기는 시간 글들이 삶의 증명이 됐다

연필이 뇌의 끊김을 이어줬다

공책에서 '석가'란 단어를 발견하고

아! 석가를 만났었구나

잊겠지만 마지막을 정리한다

수전증으로 떨리는 손으로

'석가'라고 적는다

LOVE LATTER

꿈에 파동으로 편지가 왔다

파동은 화면이 되고

마음은 파동을 읽었고

편지는 화끈거렸다

LOVE LATTER였다

진한 사연이다

널 위해 십자가 졌다는

그가 보낸 사랑이 진동했고

감동은 마음을 진동했다

잠이 깨어도 진동이 몸까지 얼얼하다

노년 LOVE LATTER로 버틴다

닮으려는 진실이 진정성으로 닿을 때

소통했다

있다

나보다 더 그도 간절하다는 것

소통의 전파 보내려는

단정한 노년

노년

아름다움 남기고 싶다

기억되고 싶다

큰 수레를 타고 떠나는 모습으로

선하게 매듭짓고 싶다

그러나 노년 맹렬하구나

청춘 치열하더니

노년 이렇게 법석일 줄은

험하고 초라한 모습

인연을 원망하고

퍼붓다가 가는 끝 아니길

그러나 죽음에 집중 못 해 불쑥 응어리

해결 못 한 고름이 튀어 오르면

죽음이 고름으로 낭자하다

썸직하다

닦음이 모자랐구나

EGO의 저택

미움도 건축을 한다

악연들이 모여 지어지고 있었고

전생 설계도를 토대로

집에는 쫌쫌한 이유와 과거 행적들이 인테리어 됐다

미움을 증명한 과학적인 근거들이

벽돌 사이 시멘트로 발렸다

공간 시간 허술하지 않은 건설

공격해야 하는 증거들이 서재 책들로 빽빽하다

미움이 쿡쿡 쑤실 삼지창을 창고에 두고 있고

어설프게 시작할 대장 EGO가 아니다

집에는 큰 거미가 있어 미움에 질투를 짓고

교만의 거미줄 허영 분노 화...의 거미집이 들어있다

이 집의 스산한 분위기는 아상. EGO. 악령…

EGO의 저택이 지어졌다

아상의 정원

악령의 돌담이

마음은 살벌한 전쟁터

불성의 집

벽돌을 쌓아 올릴 때마다

환희

사실이 된다

흐릿할 때 겨자씨만한 믿음이 벽돌을 가져 왔다

미약한 쌓음이 창대해질 줄은

근육이 붙은 믿음이 불성의 벽돌집을 짓고

집에 성령이 거주하고

하늘의 보살들이 드나든다

그 집의 책상에선

신성한 IDEA

컴퓨터에선 붓다의 미소가 복사된다

진득한 걸상은

십지에 도달할 통로다

벽돌집 우체통엔 확신의 편지들이 쌓이고

답장은 믿음으로 보냈다

벽돌 쌓기는 성스러운 노동이다

우주에 내 집을 지었고

우주로 등기이전 도장을 찍었다

. 제2부

육바라밀

보시

내공으로 지켜낸 보시가 필요하다

뱀 같은 지혜 가지라던 예수

베풀려 내미는 손이 떨렸다

얼른 주머니에 집어넣었다

주머니 속 손에 지혜는 없다

이기적인 보시를 손에 쥐고

욕심을 덤으로 왼손에 쥐고 있다

중도로 건네는 보시

행위는 거미줄 위다

당기고 미는 거미줄 위 인연

예민한 거미줄을 탄다

중심을 잡으며 중도가 보일 것

한발 한발 부채를 흔들며 거미줄을 걷는다

비틀 몸이 흔들리면 부채를 짝 펼친다

한발 한발 몸으로 기억하고

부채가 한발 한발을 돕는다

풍덩 하늘을 날며

공중에서 중도를 이해했다

안착! 중도의 보시를 얻었고

고수의 모든 것 '부채'를 인연에 보시했다

보시를 이룬 것이다

지혜 없는 사랑

과욕이 부른 참사다

마음의 용량만큼 사랑을 풀어야 했다

과욕을 풀다가 목이 졸려온다

쪼여오는 아픔은 사랑을 미움으로 바꿨고

막혀오는 숨에 사랑이 변질됐다

사랑으로 풀던 에너지는 잡아당기기 시작했고

미움이 휩싸인 당김이다

당김으로 상대를 졸렸다

사랑 주려던 대상이 가해자로 보였고

피해자가 된 사랑은 미움이 되어있다

피해자도 가해자도 미움만 가득하다

난 뭘 한 걸까?

인욕

수직적 인욕은 아니었다
참았던 말들은 마음에 살아있다
꿀꺽 삼킨 말들이 우글거린다
저항의 단어들은 소화되지 않았다
삼킨 말들은 대장大腸에서 발효돼
도수 높은 술이 되었고
언젠가 독주毒酒 노릇을 할 것이다
수행이 깊었을 때 인욕을 배우는 것
인욕은 굴욕이 아니다
인욕은 약자의 행동이 아니다
반야 속에 인욕이다
가부좌한 큰 스님 도포 속 인욕이 있다
뒷골목엔 인욕이 없다
굴복이 있을 뿐
독주毒酒
결국은 기어 나와 칼이 되었다

늦은 바라밀

인욕이 오지 않았다
엄동설한이긴 해도
매화는 꽃을 터트렸는데
인욕은 무소식이다
보시 늦은 건 게으름 때문이고
선정 피지 않는 건 교만 때문이고
지계도 반야도 같은 까닭으로 오지 않는다
아직 겨울이지만
매화 앞에 부끄럽다
가부좌
시간을 본다
문득!
차라리 다행이다
끝에 가서 핀 꽃이 안전하다
늦은 것이 안심이다
꽃은 주목받을 것이고
일찍 피었더라면

매화처럼 절개 있지도 못하면서

젊음이 고개를 쳐들고…

아상은 교만을 내놓고

EGO는 세상 무서운 줄 몰랐을 것이다

길거리에서 밟히는 꽃

발밑에서 으깨질 꽃 될 뻔했다

관찰

미움이었다

미움이 살과 뼈를 파고들었고

마음을 부패시켰다

관찰을 꺼냈다

선정 마지막 CARD로 남은

관찰!

통증 격렬했지만 관찰도 맹렬하다

선정 중 챙긴 관찰

아상의 저격수다

관찰은 돋보기를 들고

미움이 스며드는 처음으로 갔다

관찰은 노련한 탐정이고

미움의 머리에 돋보기를 들여댔다

투명하게 보이는 미움

독사의 이빨로 카악거리는

입안으로 독이 찬 내장 보인다

머리를 잡은 건 관찰의 노련함이다

독을 뿜진 못했고

관찰은 해석했다

탐정의 REPORT는 한 줄

−피해자도 피의자도 환자도 의사도 '마음'이었다−

부식됐던 살과 뼈는 치료됐고

미움의 독사는 머리에 화상을 입은 채

풀숲으로 도망갔다

수의壽衣

8정도로 청춘을 다스렸고

육바라밀로 노년을 채웠다

젊음의 수행과 늙음의 수행이

가로 실과 세로 실이 되어주어

시간 동안 실을 잦았다

질 좋은 삼베가 되었고

바늘을 머리에 문지르며

삼베를 바느질한다

품 잰 듯한 수의壽衣가 만들어졌고

기특한 작업

청춘과 노년 알뜰한 시간

석가의 방문 없었다면 어땠을까?

청춘 혼란이었지만

8정도로 일어섰고

노년 인연의 빚은

보시 지계 인욕 정진 반야 지혜로 청산하였다

홀가분한 마지막이다

수의를 쓰다듬는다

셈

적자의 인연인 줄 알았다

밑지는 장사

밑천이 모자라니 할 수 없다

전생에 가져온 게 없으니

빈손 청춘은 서글펐지만

시간이 해결할 것이다

흘러서 해석하는 나이

숫자를 터득했다

노인이 돼야 주판 튕기며 셈한다

인욕은 과정에서 적자지만 결과는 흑자였다

보시는 과정이나 결과 모두 적자이기도 흑자이기도

선정 지혜 정진은 성불의 티켓을 주었다

초반은 적자지만 마지막은 흑자다

청춘엔 보이지 않는다

눈물이 앞을 가려

떠날 때 인생을 주판에 올린다

얻을 것도 받을 것도 없이

말끔하다

계산

승기勝機 잡을 것이다

청춘에 기다림 주문한다

계산은 떠날 때

반야가 초롱할 때

잃었다는 하소연 청춘에 할 수 있지만

반야가 익는 것은 노년이다

새파란 나이에 무슨 계산!

시간과 무르익는 것이 반야다

청춘은 인연 버릴 때가 아니다

인연을 버틸 때

지구는 천상이 아니다

천상 인연은 없다

지구 인연이 얽힌다.

파란 말 탄 인연은 지구에 없다

지구 별이다

바라밀 익어간다

청춘도 익어간다

무병

무당이 보인다

앓고 있는 무병

부정하는 내젓는 손

흰 무명천 머리에 묶어도

거부 못 하는 무명

결국 작두에 버선을 벗고

맨발로 신이 왔음을 증명할 것이다

불자도 석가 앓이 한다

불성의 병이 아니었다면

절 문에 들어서진 않았다

인연의 아픔이 부처를 입에 올리고

전생에서 가져온 통증으로 부처님 찾았다

부처의 제자 확신하며 머리를 깎고

육 바라밀 얻으려 절 문을 드나들 것이다

반야

인연들의 해석 능력

반야가 하는 것이다

반야 없는 해석은 인생을 불태운다

청춘에 아상이 질러버리는 행동

아상 *끄*달림으로

무슨 짓을 했는가

순식간 아상이 일 저질렀다

교도소

그 인연들은 뭐가 다를까?

같음에 소스라친다

안과 밖은 똑같다

같은 지구 위다

해석을 놓쳤을 뿐이다

다 같이 꿈을 꾸지만

반야의 해몽이 없었다

투쟁하듯 해몽해야 한다

악몽인지 현몽인지

한바탕 꿈인 걸

말 1

인욕은

넘치지 않는 말로

아마 도솔천의 대화

비상비비상의 말

사왕천 보살들의 말

지구는 왜 인욕 배워야 할까?

주먹이 난무하는 말

총으로 대화하는 지구

폭력으로 이해시키는 공간

말에 미움의 씨앗이 있고

씨앗은 움트며 전쟁이 된다

인욕이 필요한 땅이다

대화가 무서운 지구

참지 않은 땅

말 조심스런 땅

인욕이 필요한 땅이다

법륜

육바라밀은 여섯 개 바라밀이 아니다

여섯 개의 재료다

지계로 나무를 깎고 보시로 수레를 만들고

인욕으로 바퀴 휜다

정진으로 바퀴 돌려보고 선정으로 수레를 칠하고

반야로 인연들을 태운다

하나로 묶인 바라밀 중생을 가득 태운 큰 수레다

여섯 개 바라밀을 얻었다면

어지러운 땅으로

타클라마칸 넘던 구마라습처럼

얼음산 넘던 현장처럼

죽림정사 보시하던 인도인들처럼

그들 법 보시로 우리가 법을 얻었다

우주 이야기 법

법륜을 굴리는 건 인간의 몫이다

지구

지구를 견디는 이 인욕하고 있다

지구를 버티는 자 정진하고 있다

지구에 울고 있는 자 보시를 받아들인다

미소를 얻은 자 지혜하고

가부좌를 놓지 않는 스님 반야하고 있다

눈물로 참고 있는 지구인을 보면

신神 잔혹하다

지구에서 미치고 싶다

수고와 눈물을 자랑하던 솔로몬

후손을 남기기 싫은 땅

이 땅을 잊고

우주를 기억하려고 다른 별 기억하지만

짙푸른 별 상상하지만

지금 땅을 붙잡아야 한다

지구를 잡고 성장할 뿐이다

지구는 우주 한 부분

지구 지금 체험할 수 있는

지금 우주다

해도海圖

불성이 그린 해도海圖
33천 별들 사이로
바닷길이 확연하다
수레가 지나갈 지름길도 보이고
파도를 넘고
위도 경도 뚜렷한 별 지도
화장세계는 수레를 품어 줄 바다
야마천 화락천 대범천 무량광천…
별들 사이로 수레가 빠져나간다
별마다 빛으로 등대가 되고
늙어서야 같이 타는 배
바라밀은 익어
섬[島] 타화자재천에 배를 묶고
해도海圖를 본다
피안이 보이고
관자재보살이 넘었다는
넘었다

달려 도착한 것은

달린 시간과 공간은

마음이었다

마음에 짙은 바퀴 흔적이 있다

자연

아니다

우주는 합당하게 줬다

비옥하도록

신은 풍성하다

모자람은 신의 모습이 아니다

헐벗은 별, 집 없는 별은 신의 뜻이 아니다

육바라밀을 잊었을 뿐

때를 기억하는 꽃, 지혜하고

올리브나무처럼 보시를 하고

소나무처럼 선정하고

난처럼 지계하고

사막 선인장처럼 인욕하고

같은 지구별에서

자연自然은 육바라밀 하고 있었다

지구라고 쓰고 '돈'이라고 읽은 중생

무명無明이라 쓰고 돈이라 읽고

인연이라 쓰고 돈이라 읽는…

틀렸다

아무도 보지 않는 곳에서 들꽃이 피고

얼음 밑에서 흐르는 봄

태양을 견디는 사막

눈을 뒤집어쓴 북유럽 울창한 X-MAS 숲

불붙은 캐나다 단풍나무

차가운 바람 홀로 있던

매화가 겨울 내내 지계를 활짝 피었다

비 맞고 바람맞은 자작나무들도 선정을 한 것이다

연산홍 올해도 시간을 잊지 않았다

반야가 익어간다

노인 1

미세한 빛과 색

우주를 관통하고

진동이 빛과 색을

가늘게 흔들어준다

희열뿐인 별 중력은 없다

색으로 날고 빛으로 진동하고 있다

주사와 약으로 연명하는

햇살에 조는

주름진 눈은 이생인지 내생인지

그러나 노인

마음엔 별 하나 있다

색은 올라갈수록 짙은 화소로 날고

빛은 속도 낼수록 밝음을 뿜는다

흐르던 눈물이 말랐고

참혹한 침대가 육체고 육체가 침대

침대 영혼 태운 우주선

마음에 뜬 별이 목적지다

시동! 우주선!

노인 2

수레를 몰아 별과 별을 달리는 파란 말

우주에 선명한 바퀴 자국

마음에서 떨어지는 환희의 흔적이다

비로자나불의 몸

피안을 건너며 그 길을 본다

관자재보살 깊은 반야밀다를 행할 때

색즉시공 공즉시색

문득 우주를 달린 것도 아니고

달린 것이 맞기도 하고

수레를 탄 것 같기도 아니기도

파란 말을 탄 것 같기도

색즉시공 공즉시색

우주는 마음이고 마음은 우주다

수레 자국은 마음에 선명하다

선명한 바퀴 자국 따라가 보면

노인의 마음에는 파란 말 한 마리가 있다

운명

암흑물질 위에
영혼의 빛 덩어리로 반짝이는 존재
반짝임에 차원 다른 색을 입혀
신성新星한 별이 되고 싶다
원래 고귀한 족속
핏속에 별의 DNA 흐르고
별이 낳은 자손이다
별들 젖으로 자란
별을 사모하다,
새로운 별이 되는
신성新星이 돼버리는
그것이 우리의 운명이다

탈주범

중력을 미워하던

달아나려던 탈옥수

눈에는 불만 가득하고

중력이 불운의 원인이라 믿던

탈주범으로 머그샷 찍던

교도관에게 원망 보이던

중력에 굴복하지 않던

수인 번호 1963 바라밀을 품고 있다

교도관 모르게

죄수 1963 육바라밀 완성되면

파뻬옹처럼 중력을 거슬러

우주로 날아갈 것이다

색계 우주를 온통 다니던

기억을 기억하고

날아야 한다

중력이 술래다

술래는 중력이다

∴* 제3부

외계인들

외계인

쟁취하러 온 외계인이 아니다
지구는 쟁취할 것은 없다
지구엔 탐낼 것이 없다
영화관에서 지구 침공하는 UFO가 있을 뿐
영화일 뿐이다
원죄가 득실대고 전생 업이 우글거리는
지구에 많은 광물질은 '죄'
광물질 '죄'를 훔치려는 외계인은 없다
지구로 내려오는 외계인은 보살이다
험한 작정으로 우주인들이 왔다
방편들로 희생하고
UP GRADE 시킬 목적
죽으러 왔고
고행하러 왔다
찬란한 별에서 슬픈 지구로

인도 왕자

농염한 여인女人들 속에서도
금 쟁반 성찬
금잔 술을 따랐지만
생로병사 스며들었고
풍족할수록 빈곤하고
불운의 징조에 쫓기고
불안에 답을 찾지 못했고
왕궁은 생로병사로 찼다
왕관을 포기하고 왕자의 모든 것을 벗고
생로병사를 대면했다
맨발로 걸었고 걸식했고 땅에서 잤고
고행했고
무섭게 4선정에 들었고
보리수 아래서 정득했다
그것뿐이다 우주 그것뿐이다
우주 '성불하는 것' 그것뿐이다
우주에 다른 것이 있을까?

마야의 아들

아라한 도솔천에서

지구를 보고 있다

시공이 자유로운 아라한

다음 생은 부처가 될 감격

우주를 소화한 아라한

도솔천은 선정하기 편한 별이고

도솔천 정원 반야하기 마땅한 궁이지만

아라한 지구를 보고

충만한 다음 생을 택하지 않았다

인도 땅 마야 부인의 자궁 속으로

지구 열악한 별인 걸 알면서

도솔천을 내려와 지구로 다가갔고

안이비설신에 들어오는 건

악취 울음 비명 허접함…

고귀한 아라한

누추한 인간 땅

아라한

우주 생의 마지막 지구로 왔다

MISSION

독생자로

보좌 우편에 앉아계시다가

베들레헴에 온 것이다

외양간 말구유에서 몸을 푸시고

목수 아들로 가난으로 사시다

십자가에 달렸다

원죄 벗길 수 있다면 인욕을 짊어질 것이다

지구가 깨달을 수 있다면 인욕일 것이다

아들이 온 뒤로 지구는

하늘을 향하게 됐고

아성으로 가득 찬 마음

아성들로 이글거리는 땅

성령을 찾기 시작했고

성령 존재를 알았다

새롭게 되지 못하는 땅

낮은 땅에 예수가 온 것은

마음 차원 높이려는 우주의 계획

MISSION 성공

부처의 DNA

깨달음은 잉태되었고

깨달음 산통 지구에 풀어 놓았다

무명의 별에……

천상천하 유아독존이어서 슬펐고

깨닫게 할 수 있을까?

동물처럼 행동하는 별

우주를 말하면 알아들을까?

12연기로 윤회에 잡혀있는

누군지? 어딘지? 어디로 가는지?

궁금하지 않는 별

한 알의 쌀, 카레 한 덩이……절박한

별을 가리키면 쳐다볼까?

지구도 살아내지 못하는데

힐끗 지구인을 본다

털 없는 원숭이

그 마음속을 뒤져 본다

털가죽 뒤져 속을 본다

불성이 있다!

그들도 나와 같은 혈족이다

부처의 씨를 품고 있다

누추함 속에 고귀한 피가 흐르고

털 없는 원숭이

부처의 DNA 새겨져 있다

게임

출구는 없다

외계인들이 전한 법法 외에

법으로 나갈 것이고

한 차원은 상승할 때마다 WIN

외계인들의 법으로 탈출하는

억겁이 걸릴 수 있는 GAME

불성과 아성으로 하는 게임

불성을 잡으면 ENERGY 얻고

아성을 잡으면 ENERGY 잃는다

한 차원 내려갈 때마다 LOSE

GAME RULE 간단하다

명심할 것은 전투의 공간은 'IN' 마음

'OUT' 세상에서 하는 게임은 물거품이다

그러나 지구는 IN에서 꿈꾸고

OUT에서 실전을 한다

지구 게임 물거품

허깨비

암호 같았다

"너는 이미 부처다"

청춘을 OUT에 소비하고 늙음이 IN에 가둘 때

암호를 풀기 시작했다

마음속 확연한 두 우주

'아상'과 '불성'

두 세계가 보였고

'세상'과 '아버지 나라'

선명해졌다

설교와 설법 속에서도 거울을 보듯

희미한 반대 방향, 잡힐 듯 놓치던

암호가 풀리면서 실상을 잡았다

어지럽던 거미줄이 한 줄로 편해졌다

암호는 풀렸다

이미 부처인 체 지구에 홀린 시간들

놓아야 할 것을 놓았다

허깨비 세상

허탈했다

게임의 법칙

'불성'과 '아상'

두 개 중 하나를 선택하는 수행

어려운 GAME이었고

쉬운 GAME이었다

불성으로 당겨오는 건

회로回路 조금씩 옮기는

아주 조금씩

지루한 사투였다

한 가닥 회로回路

마음을 다해야 움직였다

아상 역시 철로 된 코끼리였고

EGO는 구리로 된 흰수염고래였다

꿈쩍도 안 하는

마음엔 고집불통의 두 진영이 진을 쳤고

두 진영에서 비처럼 퍼붓는 화살은

두 진영엔 피해가 없고

FIELD 마음만 피를 흘렸다

코끼리와 흰수염고래는

회로를 옮길 때마다 가벼워졌다

신이 났다 코끼리와 고래가 살이 빠지는 건

살 빠질수록 회로의 움직임도 가속이 붙었고

회로 불성에 가까워졌다 WiN

마음속 FIELD 잃은 아상 코끼리,

흰수염고래 LOSER

살이 빠진 코끼리와 흰수염고래는

다시 중량을 늘려 게임을 시도할 것이다

코끼리 풀을 먹으려

아프리카 세랭게티로 달아났고

흰수염고래는 크릴새우를 먹으려

태평양으로 도망쳤다

말 2

지구인들 무슨 말을 할까?
천상의 말은 하지 못한다
외계인들이 오기 전이나 온 후나
말은 지구 안에서
지구 벗어나지 않는 말을 한다
지구 밖 우주를 가르쳐 주었으나
지구의 말은 외계인들이 설법 후에도
탐진치 이럭저럭 섞은 말이고
12연기 중 한 단어이고
생로병사 뱉어낸다
무엇보다 충성해 마지않는 '돈' 이야기다
청춘도 노인도 혀 밑에 '돈'을 품고 있다
입을 열면 '돈'이야기 쏟아진다
입속 혀 밑에는 돈으로 인한
허영 질투 살인 설움 폭행… 혀에 박혀있다
설법들을 기억하면
천상의 말 몇 개쯤 따올 수도

별들의 단어를 얻어 올 수도

그러나 존경해 마지않는 돈에 밀려

설법은 우주로 갔다

싸구려 지구 말 MONEY

인도 아저씨 1

외계인도

걸었던 우주

할 수 있다

외계인도 걸었다는 지구

인도에서 이스라엘에서

밥 먹고 배설하고 지구 말을 하고

여기서 시작이다

우리가 걷는 이 땅

외계인도 같은 걸음걸이를 했다

안이비설신으로 겪었고

색수상향식으로 느꼈다

그가 우리를 알고 우리도 그들을 안다

우리 땅에 그들이 왔듯이

그들 땅에 우리도 간다

우주가 지구를 보듯

지구에서 우주를 본다

인도 아저씨 2

석가를 어려워할 필요는 없다
나도 그러했으나
생경한 존재로 어려워할 게 아니다
숭상하는 존재로만은 아니다
고개를 엎드리는 존재만은 아니다
따라올 발자국을 남긴 것은
따라오라는 것이다
같이 갈 길의 존재이고
같은 나그네일 뿐이고
길에서 길을 묻고 답해주는 길동무
인도를 걸었던 인도 아저씨!
그가 걸은 우주 따라 걸을 뿐
인도에서 난으로 커리를 싸 먹던
갠지스강에서 목욕을 하던
손가락으로 달을 집어 먹고
왼손으로 뒤처리하고 오른손을 중시하던
인도 말 하던 인도 아저씨!

별의 초대

33천 우주

지금 욕계에 있다

아마 비상비비상에도 있었고

도솔천 색구경……도 있었다

기억을 잃었을 뿐

트렁크를 들고 여행을 했다

별과 별 사이를 트렁크를 들고 날아다녔다

여행을 위해 설계된 땅이다

무운천 광과천 무반천……

영혼이 탐험하지 않으면

폐허가 될 것이다

밟기 송구한 땅이 아니라

뛰고 춤추고 두드리고……

영혼들이 오길 기다린다

텅 빈 야마천

외로운 대범천

흔적 없는 소광천……

별들이 허전할 것이다

별들은 기다린다

소리 없는 무운천

웃음 없는 복생천

영혼이 밝아야 별은 반짝인다

영혼이 방문하지 않는 별은 어둡다

우주

우주 어디쯤일까?

우주 몇 시쯤일까?

누구일까?

왜 가고 있을까?

막막한 우주

별들이 발견되고

우주는 넓어지고

더 멀다

더 어렵다

색성향미촉을 다해 고서古書를 찾는다

거기 석가의 득도가 있고

예수의 십자가 있다

도솔천에서 명상하던 석가 적혀있고

한 마리 길 잃은 양 찾는 예수가 기억난다

성불을 미루던 보살 아라한들

누진통을 얻었고

타진통을 얻은 우주다

우리도 그러할 것이다

우주를 읽어내고

우리도 그러할 것이다

막막함에 부처는 미소로 답했다

우주 시詩

셰익스피어는 지구의 모든 것을 적어버렸다

'생로병사'는 일찍이 써버렸고

'12연기'의 지구를 적었고

'희로애락' 셰익스피어로 다 적힌 것이다

'색성향미촉'으로 지구 남겨두지 않고 다 써버렸다

또 지구를 적으라고?

'수상행식'으로 다 적어버린 지구를

시들하다

춤출 게 없고 그릴 것도 쓸 것도 없다

다한 것이다

뒤져도 새로움은 나오지 않고

다 본 것이고

18C에 다 본 것이다

권태뿐이고

인간이 지구보다 커진 것이고

인문학이 지구를 넘어서고

과학이 지구 궤도를 돌고 있다

화엄경을 읽고 법화경 금강경

반야심경을 외는 지군데

석가가 손가락으로 가리킨 땅들을

쓰고 춤추고 그릴 것이다

우주 색성향미촉으로

우주 수상행식으로

달동네

어느 별에 사는가?

신분의 척도다

높은 화소와 12차원을 넘나드는 땅

6개의 진동으로 희열을 느끼는

단계마다 PASSPORT가 있다

지구별에 산다

달동네 신분증을 가졌다

전력은 약해서 밤마다 정전되고

난방은 아직 석탄이다

먹기 위해 고단하고

공동 화장실을 사용하고 있다

떨어진 운동화 사이로 떨어진 양말이 보이는

가난이 덕지덕지 묻은 동네다

외계인이 온 이유다

초라한 주소

별을 옮겨 주려고

누추함에서 이사시키려고

복덕방 아저씨로 왔다

서류에 별의 주소 날짜

전입신고서 전출 신고서 적어야 하는데

우주를 지구 언어로 쓸 수 있을까?

3차원 12차원으로 PASSPORT 갱신시킬 수 있을까?

누추한 신분증을 차원 상승시키려는 흔적

3차원을 설득시키고 애쓴 흔적

불경과 성경

영웅

비행기의 화장실에서
대성당의 화장실에서
사왕천을 그리워했다
배설이 없는 사왕천이 그리웠다
한 단계만 오르면 사왕천
한 단계만 오르면 깨끗한 땅이다
맨해튼의 빌딩에서
천 섬 오두막에서
알프스 동화 같은 언덕 집들에서도
타화자재천을 그리워했다
화장실 설계가 먼저인 땅
요양원 침대에서 기저귀를 차며
배설물을 창자에 넣고 GUCCI 드레스를 입으며
도솔천은 울었다
베르사유궁전에서
가야산 해인사에서
화락천을 그리워했다

석가는 그랬을 것이다

지구인을 이끌고 천상에 가리라

영혼들 수레에 싣고

우주로 날아가리라

별에 수레 풀어 놓고

육체 벗겨주리라

땅을 옮겨 준 영웅

집으로 가는 길

색계 4선정
3아승지로 이어지던 윤회가 무너지면서
걸었던 길들이 보였다
우주 별들을 걸었다
별마다 인연들이 있었고
별들끼리 인연으로 연결되었다
인연이 없는 별은 없다
별마다 사연이 있고 시간을 다해 경험했고
진실코 별들을 이해했다
공간을 다해 별들을 사랑했고
시간을 다해 만져 본 별이기에
천안통이 터지고
같이 울었던 별이기에 타심통이 발현되고
우주 시간과 공간을 돌아보고
안심했기에 누진통이 왔다
중력을 벗어난 영혼
허공을 날으는 자유

공간에 갇히지 않는

시간에 갇히지 않는 외계인들

깨달음을 얻고도 선뜻 떠나지 못한 것은

얼마나 초대하고 싶었을까?

별. 수많은 별 뿌리치고

무릅쓰고 오는 이유는

그것뿐이다

찬란한 별로의 초대

8만 4천 법문은 그것뿐이다

집으로의 초대

땅 2

1천씩 오를 때마다 미움의 단어가 빠지고

질투의 문장이 빠지고

어리석은 글들이 없어진다

1천씩 올라갈 때마다

성령의 말들이 가득하고

명상이 뚜렷하고 수행이 선명해진다

1천씩 오를 때마다 땅이 바뀐다

석가가 걸어간다 뚜벅뚜벅

예수가 걷는다 뚜벅뚜벅

1천씩 오를 때마다

깊어간다 삼매에 빠진다

1처선 2처선······

고수 선정을 걷고 있다

1천씩 오를 때마다

넓고 큰 비로자나불의 몸 우주

우리의 땅이다

우리도 걸음을 걷는다 뚜벅뚜벅

하나

선정으로 밥을 먹는 색계

존재만으로 찬란한 무색계

별들의 화소가 영혼 흔드는 욕계의 천상

지구와 아수라 지옥

차원 다른 우주

그러나 욕계도, 색계 무색계 같은

하나에서 왔다

우주를 해탈하던 부처도 지옥과 하나에서 왔다

수기 받던 법화경의 아라한들도

화엄의 천신들도 하나다

하나에서 떨어져

욕계 땅에 있을 뿐

모두 하나다

티끌 속에 우주가 있고

우주, 아스트랄 세밀한 별세계들도 하나다

미세한 빛과 색 아미타 세계와도 하나다

세밀할수록 희열인 암흑물질과도 하나다

한 점에서 시작한 같은 존재다

무색계

별이 아니었다

별이 빛나도록 바탕이 돼주는 암흑물질

무색계의 공간은

별이 별이 되게 하는 흑색

별이란 이름을 지어 준 무색계

슬픔은 물론 기쁨도 없다

빅뱅의 폭음에도

부처의 미소로 아승지

아! 별이 아닌 공간도 시간도 있구나

별에 집착했는데

별 빤짝이도록 배경으로 사는 무색계

6바라밀 공간 깊음에 넓음에

작은 마음 찢어지듯

우주의 뜻대로 넓고 깊을 수밖에

부처!

당신은 어디까지입니까?

매몰찬 부처

미소를 띠며 눈을 내릴 뿐이다

끝없는 겁을 지내고

아승지 시간 비상비비상의 공간도

넘어서라는

별도 없고 별을 품은 시공도

아예 넘는

아제 아제 바라 아제!

모든 걸 넘어

깊은 반야밀다 행할 때

오온이 공한 것을 보고

고통에서 건너느니라

색이 공과 다르지 않고

모든 법은 공하여 나지도 멸하지도 않으며

수상행식도 없고

얻을 것이 없는 까닭에

보살은 반야바라밀다를 의지하므로

중도

내 사랑으로 될 줄 알았다

사랑이 지나치며 독이 되었고

사랑의 대가를 요구하는 나를 보았다

사랑은 병이 돼 스치면 통풍이 됐고

석가의 '중도'를 보고서

나쁜 것은 '나'였다

멈춰야 했다

'사랑'만 믿었다

지독한 사랑이란 신념

아니었다

사랑도 중도다

병든 사랑 중도로 치료하면서

질척거리는 시궁창에서 빠져나왔다

우주는 지나치지 않다

집착하는 우리가 있을 뿐

우주는 현명하다

별 보는 아이들

집 없는, 거리에서 자는
씻지 못하는, 헐벗은 아이들
생로병사 그대로 받고 있는 지구
싯달타 절망했다
색성향미촉으로 고苦였고
수상행식으로 고苦였다
어디도 탐진치였고
어느 때나 12연기였다
무아無我로 울었다
무상無相으로 수행했고
수행은 누진통 되고
고통을 내려놓고
큰 수레를 찾았다
영혼들을 실을 것이다

우주선이 오고 있다

희열을 느끼는 것은

가벼워서다

가벼워야 수레를 탈 것이고

수레가 날 것이고

수레가 내릴 별은 빽빽하다

갈 곳은 충분하다

나이 들면 숲으로 간다

큰 수레 기다리는 산으로 간다

우주선 내릴 활주로가 없다 도시는

정거장으로 간다

버티고 서 있는 나무들 안테나고

피톤치드로 와이파이 터진다

숲의 초록이 별의 파랑에 주파수 맞추고

빽빽한 별과 빽빽한 나무는 서로의 기지국이다

삐비 – 삐비

삐뻽비삐 – 삐삐

우주선이 오고 있다

고향의 소리다

초대하는 외계인

색계 4선정을

그 화려한 시절을 기억하며

석가는 혼자 갈 수 없었다

비참한 지구

어디서 와서 어디로 가는지 모르는 무명의 땅

지구에 취한 영혼들

데려가야 한다

따라나설까?

미물인 상태

아니 그들이 잊고 있는

그들도 찬란한 땅에 있었고

영혼 화소 짙은 속으로 날았고

빤짝였고 희열이던

우주인으로 생존했던

깊숙이 이미 알았던

이미 성불인

그러나 아득히 잊고

지구에 쩔은

슬픔으로 모든 걸 기억하는 인간

따라나설까?

데려가고 싶다

가야 할 땅

지구가 설레서 공항에 가기도 했다

'비행기'란 단어는 설렘이었다

'유럽'이란 땅은 동경이었고

아시아를 벗어난 지도는 가야했다

궁금한 지구가 트렁크를 쌌지만

비행기가 지루해지고

유럽의 돌 자갈 바닥이 발가락을 쑤시고

트렁크는 '짐'이 돼버렸다

시간이 바꾼 변화다

아시아를 벗어난 지도가 아닌

지구를 벗어난 지도를 본다

가야 할 땅이다

색계 무색계의 땅은 설렘이고

석가의 발자국 있는 별은 동경이다

그곳에 발자국 찍고 싶다

때

사진이 날아가고 말이 날아다니는

동영상이 날아오는 그리고 철로 된 새들이 날고

있는 지금

시간을 더 기다려야 할까?

석가가 말한 시간

시간 충분히 온 것 같다

과학은 줌인으로 별을 보고

공간을 넘어 빅뱅의 시간을 본다

불교는 인문학적으로 우주를 설법하고

과학은 허블로 천문학을 보고 있다

우주를 두 기둥으로 다가간다

안이비설신이 우주에 익숙하다

수상행식으로도 익숙하다

우주로 갈 시간이다

∗∗ 제4부

둘 중 하나

아상의 이유

아상에 집착할까?

거리두기를 않는다

도시에서 우글거리고

우글거림에서 뿜어 나오는 단어 '돈'이고

전화 울리고 대문 두드리고 TV는 켜있고

담배 알코올 회색도시

공간의 '거리두기'는 없고

시간의 '거리두기'도 없다

도시 땅을 위해 마음에 한 평 땅이 없다

도시가 구르는 대로 구르다 보면

이끼처럼 아상이 몸에 낀다

아상의 이끼가 뿌리를 내리고

마음은 아상의 잡초밭이 된다

공간을 두면 공간이 잡초를 뽑을 것이고

시간을 두면 시간이 이끼를 말릴 것이다

"여보세요"

PHONE 울리며 도시가 굴러간다

사람들이 굴러가고

우글거림 위에 깃발을 꽂는다

이유 없는 깃발들이 도시에 꽂혀있고

아상의 깃발이다

추락 비상

동그라미 그리다가 이생이 지났다

불성 동그라미 아상 동그라미

우주 끝까지 그릴 것이다

동그라밀 들락거리며

답을 번번이 알았고

법이 정해진 걸 알면서도

헤매는 것은

틀린 줄 알면서도 기웃거리는 건

아상 '나'란 강력한 유혹

아상 노련한 유혹

우주의 IDEA와 시詩 음악 춤

불성에서 깨달았고

진실을 보았고

보고 싶지 않은 것 보지 않고

봐야 될 걸 보는 불성의 동그라민 줄 알면서

비상비비상에서도 결국

하나의 선택이다

우주는 차원 다른 시험지일 뿐

선택해야 한다

추락할지? 비상할지?

아상의 추락

우주 불성으로 보는 거지만

아상에 휩쓸려

어디까지 내려갈 수 있는지

아상이 가르쳐 줬다

추락은 우주적이었다

밝고 높은 만큼

어둡고 깊었다

아찔한 추락, 우주적인

풍문으로 듣던 무간도

아귀 지옥의 깊음도

아상이 가르쳐 준 색다른 우주였다

무섭고 음침함의 깊이

지옥에서 천국으로 이어진 계단

올랐다 내렸다

잃기도 얻기도

추락과 비상

아성과 불성

지구를 벗어나 천상에 가더라도

그럴 수 있다

두 세계 '아상'과 '불성'의 선택

불성과 하나 될 때까지 가는 길

아상이 완전히 불성에 묻히는

그 길이다

마음 헝클어지면 두 세계 사이에서 헤매고 있다

선택의 잘못은 죄다

우주에선 잘못된 선택

죄다

두 세계 중 하나

결국 그것이다

그 외는 없다

유대 땅에서도 인도 땅에서도

선택하라는 두 개 중 선택

죄

하나님의 땅과 나의 땅

두 땅을 넘나드는 마음

인간의 땅은 황폐하고

그의 땅 비옥하다

비옥한 땅이 황폐함을 기름지게 할 것이고

두 땅 합해지면 기름진 땅에 연꽃이 필 것이다

두 동그라미 교집합交集合은 넓어졌으나

아상 땅 주인은 주장이 강했고

불쑥불쑥 불성의 땅을 짓밟았다

황폐한 돌을 던졌고

흙과 잡초도 던졌다

아상은 땅의 기름짐보다

황폐한 땅을 쌓아 짓밟고

아상의 깃발을 꽂는 것이고

이기는 것이다

보통 매력적인 조건이 아니었다

비옥한 마음 황폐함으로 뒤덮였다

중생은 답을 알면서도 '이기는 것'에 혈안이다

광활함은 좁아지고

깊음으로 빠져든다

땅 뺏김이 죄인가?

죄다

풍성한 땅

'내 땅'은 거칠고 모나고 척박한 땅이다

그런 땅을 '참 나'의 땅처럼 일구어 간다

돌을 걷어내고 잡초 뽑고

비옥한 땅은 반짝이는 별이 된다

공포 서글픔 모욕 눈물은 '내 땅'을 기름지게 하는

거름이었다

'참 나'의 땅에는 보시 지계 인욕 정진 선정 반야의

농기구가 있다

빌어 와 '내 땅'을 일구었다

거칠던 '내 땅'이 '참 나'를 닮아갔다

풍성한 땅이 우주에서 반짝일 것이다

혈육을 남기고 싶지 않은

늙어선 '안이비설신'보다 '수상행식'이다

눈과 귀 혀 코가 희미해졌다

몸이 감각을 잃었다

수상행식에 의존한다

마음의 세계다

마음만이 확실한 것

그리고 꿈

꿈속은 아스트랄이다

둔탁하지도 흘리지도 끌고 다니지도 않는다

항상 기뻐하고 감사하고 기도한다

짜릿한 화소

빠져드는 색 빛 진동의 세계

이 세계는 '참 나'가 갈 곳이다

지구는 머무는 땅이 아니다

거쳐 지나는 땅

혈육을 남기고 싶지 않은

추락

문득 40년도 더 된 필름이 쑥 튀어나온다

미움이다

40년 동안 간직됐다니

마음은 살벌함이 점령한다

감당할 수 없는 환장이다

추락한다

불성은 어디 갔을까

아찔한 깊이

아상의 시간이다

필름을 삭제하지 않았다니

아상의 고집이다

불쑥 쏟은 미움이 찐해진다

투박함 거칠음

불성은 어디로 갔을까?

교도소의 얼굴이 떠오른다

무슨 죄로 갇혔을까?

생각의 추락이 흉기다

그저 우리다

교도소 안과 밖은 똑같다

섬찍하다

생각의 추락

아상

하나님의 땅이고 부처의 땅인데

돌아보면 왜 슬픔일까?

모래탑을 쌓고 깃발을 꽂으려는 아상

모래성이 흩어지고

모래성이 무너지고

모래는 날아가는 것이고

깃발 꽂지 못하는 재료다

모래로는 '성'을 쌓을 수 없다

안 되는 걸 알면서 '나'의 깃발은 유혹이다

불성에 있다가도 깃발이 펄럭거리면

가슴 불끈 뛰어나가 모래성을 쌓는다

'나'를 고집하는 모래성'

'참 나'의 딴딴함이 아닌

부스러지더라도 모래성 깃발이 펄럭이면

불성의 대문을 박차고 펄럭이는 깃발 밑에 있다

결국 패잔병의 찢어진 깃발이지만

모래성 위에서 한번 흔들어 보고 싶었다

안도安堵

광기 어린 천재의 시간 공간이 아니다
아둔하더라도 꾸준함 요구되는
마음을 들여다보며 알았다
깊이 보고 넓게 보고
대각선으로 보고 동그라미로 보고
거미줄이 되고 인드라망이 되고
끝없는 관찰이란 것
3천 대천세계를 다 본다는 건
빤짝 천재가 이룰 수 없는 시공이다
뚜벅뚜벅 나그네가 걷고 있다
3아승지 시간과 욕계 색계 무색계의 공간
뚜벅뚜벅 관찰이 불성이 되고 성불이 되고
천재의 빤짝 한번은 우주가 아니다
다행이다
아둔한 한마음이 안도한다

병

처음부터 복기했다

마지막을 위하여

마지막을 이해하려고

시작부터 여기까지 곱씹었다

마음의 병은 왜 왔을까

마지막까지 화두다

병이 없었으면 다행일까

오랜 복기 결론

병이 '아상'을 다스렸다

아픔이 인욕했고 지혜하게 했다

질긴 병이 지계하게 했고

깊은 병은 깊게 보게 했다

고통은 환희였고

전생에서 가지고 온 선택이고

병은 불성이었다

빈틈없이 필연이다

순간이 영원이고

순간이 마지막이다

모든 시간이 정확히 맞아떨어졌고

버릴 시간은 없다

시작점을 보면서 마지막 점을 찍었다

GAME OVER

나의 팔자는 뒤숭숭했으나

'참 나'의 땅으로 들어가면서

팔자는 게임의 소프트웨어일 뿐이었다

어지러운 팔자가 게임의 주제다

색성향미촉으로 마우스 클릭이다

POSITION은 밑에서 5단계

악조건에서 시작한다

실상 같지만 허상이다

33천 비상비비상도 올랐고

도솔천을 얻기도 했다

그러나 땅을 바꿀 때마다

기억을 잃는다

지금 기억은 POSITION 5

슬픔과 한恨이 다반사

게임의 유일한 HINT 석가

내가 아는 WINNER

그의 흔적을 뒤진다

게임의 주체는 비로자나불이다

게임을 주관하고 있다

알고 싶다

33천의 구석구석

그리고 집으로 가는 게 GAME OVER

CHOICE

불성을 놓친다

여기까지 온 것이 기뻤다

기쁨이 경계를 실失했다

문득 기쁨이었는데

EGO 허수룩함 놓칠 리는 없다

두 존재 게임

집중을 놓친 건 큰 실失이다

미끄러져 갔다

대가는 만만치 않다

게임이지만 실상 같은

실상이지만 허상 같은

급하게 불성 잡으려 했으나

마음 이미 빠지고 있다

탄탄하던 마음 많은 부분이 소실됐고

진지를 구축했지만 불성과 EGO는 뒤섞여 있고

아군인지 적군인지

허물어진 진지로 적군들이 기어올랐다

적군이 득세다

순간적인 일이었다

무간도 간격 없는 고통이

미끄러진 시간에 겪었다

기도했으나 헛소리고

수행을 잡았으나 난잡함 뿐이다

돼지에게 던져버린 불성

EGO에 뺏긴 마음이 그렇게도 저주인가?

게임의 RULE이다

왜! 마음은 성령에 속박돼야만 하나?

게임은 CHOICE다

'아상'과 '불성'

같이 가는 여행

수준 낮고 어리석은

아상 다독여서

불성과 아상 우주 돌아야 한다

아상과 불성 하나가 되도록

EGO를 버려둬서 안 된다

아상을 굶겨서도

아상을 무시해서도

마음이 편치 않다

수준 떨어짐 멸시해도 안 된다

시공에서 일어난 일

불성이 아성에 해석해 준다

해석될 때까지 여러 방편으로

EGO는 불뚝 질투 미움 화를 꺼내놓고

고집을 내밀지만

불성은 어른이다

가부좌 튼 큰 스님이다

선명한 인연을 보여주며

EGO를 토닥여 집까지 가야 한다

아수라에 온 걸 분노하는 아성

왜 왔고 다음 땅이 어딘지 다독이는 불성

"나쁜 땅이 아니고 우주에 나쁜 땅은 없다"고

태초부터 끝까지

둘이 가는 여행이다

불성과 함께라 어디든 환희

별의 생각

집이 없는

하늘을 지붕 삼아 사는 중생은

오히려 별과 대화를 한다

하늘의 별은 마음에도 있다

고통이 진주처럼 툭 단어로 튀어오르고

슬픔이 별똥별처럼 쑥 문장으로 떨어지고

골몰하던 응어리가 글이 되었다

없는 걸 쓸 수는 없다

오래 보았던 별 응축되어 시詩가 된다

왜 별이 와 박힐까?

원망하던 울음이 내 별이 되었고

내 별이 우주길 안내하고

부처를 만나게 했다

고뇌를 보낸 건 별일 일수도

그렇게 컸다

늙어 후손이 걱정이지만

후손은 아프지 않고 성숙하길 바라지만

별의 생각은 다른가 보다

⁂ 제5부

우주

우주 인연

천안통으로 생을 본다

생을 걸어온 겁의 시간과 공간이 모여

우주를 이해하게 된 것이다

기적이나 신명이 아니다

평범한 영혼 하나가 우주를 걸어온 것이다

길목에서 만난 질투 미움 한恨

길에서 부딪친 인연들

우주의 주소들이다

동사무소에는 친족 관계 인감증명 부동산 소유…

자잘한 과거가 등록돼 있다

살았다는 증거다

가족관계증명서를 한통 들고

기억을 살려 본다

꾸역꾸역 걸었을 뿐이다

미래를 걱정하지도 과거를 후회하지도

전출입 신고 한통 들고

현재를 현재를 걸었다

현재가 모여 천안통이 되었다

얼굴들이 보이고 얼굴들과 맺은 시공

위로 올라간 시공일수록

투시의 깊이가 깊고 넓다

깊고 넓은 우주를 돌아서 천안통이다

타심통

돋보기로 한 점이 타고 있다

검은 연기가 올라온다

인연의 질김을 견디지 못하는 행위

모진 인연

매듭을 풀고 싶은

어쩌다 이생을 다하도록 질길까?

전생부터 꼬여온 실타래

다시 전생으로 가져갈 순 없다

엮인 시간을 살아온 뒤

우주는 허락하지 않는다

퍼즐에 필요한 한 조각을 준비해둔 건 우주다

구멍 날 뻔했던 내 우주

투시의 눈도 얻었고

완성된 그림도 그렸다

선택 아파했지만

순간의 선택 아님에 안도했다

모진 인연이지만 버텼다

태워 끊지 않고 마지막 퍼즐 맞추며

인연의 그림을 완성했다

타심통을 얻었다

공평

우주를 투시할수록

불끈 주먹 쥔 손가락을 편다

우주는 공평하다

외계인들의 말이다

잘못된 투시로 길 잃기도 하지만

관찰이 깊어진 투시는 숙명통이 된다

사방 관찰하고 팔방 들여다본

억겁의 시공으로 얻었다

투시하며 관통한 억겁 시간이

영혼 걸어온 모든 길을 기억했고

현재 과거 미래까지 하나가 되면 숙명통이다

시간과 공간이 이해되며

몹쓸 인연들도

끄떡여졌다

우주의 한순간도 억울하지 않다

발걸음은 부처에게 다가가고

창피할 것 없는 한발이다

축생 지옥의 시간도

부처에게 가는 공간이다

나쁜 공간은 없다

청춘이 주룩주룩 눈물 흘려도

그 눈물 덤덤히 본다

우주를 믿기 때문이다

ASMR

뚜벅뚜벅 소리가 들린다

천이통이 터진 것이다

들숨 날숨 숨소리가 들린다

우주를 걷는 소리다

꾸준히 팔 흔드는 소리고

현재를 사는 소리다

별과 별들 사이의 ASMR

발걸음이 모아져 천안통 누진통 천이통이 되었다

통한다

걸음 소리다

들린다

'고苦'가 '기쁨'이 되는 소리

뚜벅뚜벅

천로 역정 뚜벅뚜벅

ASMR

석가의 육신통

우리들의 이야기다

우주 시공

깊은 반야밀다 속에
아뇩다라삼먁삼보리를 깨쳤다
얼마나 흘렀을까?
전각의 희열이 흐르도록 두었다
눈 내리고 미소가 입술에 젖었다
우주를 다 마셔 호흡하고
보리수는 우주 보리수가 되고
싯달타가 붓다가 되는 시간
그 시간은 우주 시간이고
우주 공간이다

아기 냄새

방안에 아기냄새 난다

작은 이불 덮고 있지만

냄새는 덮지 못했다

아기가 온 후로 집은

골목에서부터 냄새가 났고

웃음을 배우지 못한 사람에게

웃음을 가르쳤다

시간 처음인 아기

만짐을 허락하고

온전히 몸을 맡기던

그 아기가 보고 싶다

지나간 시간

늠름한 시간이 어른으로 서 있다

베개를 베고 누우면

베개를 쓰다듬는다

아기가 허락한 그 시간

살결을 만지게 하고 곁을 내주던

지구에서 유일하게 돌아가고 싶은 시간으로 간다

아기를 안으면 잊었다

무작정 세파 모르고

무조건 가득 평화이던

노인 주름에 미소가 돌면

아기 만지는 시간으로 간 것이다

죽음

노인의 아픔은 죽음에 밀접해 있다

설사라도 하고 나면 맥을 놓친다

예민하게 죽음을 느낀다

가는구나

기다렸지만

난감하다

순식간에 쳐들어온 죽음에

속수무책으로 죽는다

아무것도 할 수 없는 것이다

땡!

지금까지 해놓은 것이 다다

아쉬움이 있어도 이게 다다

시를 완성 못 했는데

연필을 집지 못한다

인연들을 정리하지 못했는데

전화 들 힘이 없다

말을 뱉을 여력이 없다

끝

진실코 이게 다다

이 시간 이게 다다

준비를 했건만 죽음은 혼자 가게 하는구나

땡!

노인 혼자 살았듯이

절박한 마무리다

희미한 명상이지만 잡아본다

시간을 가져가 보일 것이다

처음부터 지금까지의 시간

다행히 민망하지는 않다

괜찮다

괜찮다

엉망진창이라도

시간과 공간은

길 잃고 혼돈이다

괜찮다

충분한 시간이다

이생을 망치고 윤회의 다음 생을 망쳤어도

마약에 시간을 넣고

약들로 육신을 잠재우고

뒷골목에 엎어져 있어도

괜찮다

인생 내내 미움이고 질투고

바라밀과는 멀었고

예수와 석가는 들어본 적이 없고

도박 술 약…만 들어본

괜찮다

교도소가 익숙해 있고

교도소에서 생을 마감할지라도

괜찮다

신은 넉넉하다

돌아갈 수 있다 집으로

망친 이생이 죽음 앞에서 징그러워도

괜찮다

99마리 양이 다 돌아왔어도

잃은 한 마리 찾아 나서는

신은 기어코 성불시킬 작정이다

괜찮다

99.9999% 친부

망각하고 있다

마음속 몇 번의 빅뱅

시간 공간

아승지겁이 들어있다

시간 공간 DNA 속에

99.9999% 붓다의 혈통

빅뱅이 끝날 때마다

성불했고

이미 깨달음의 혈족

기억을 잃었어도 시간을 지울 수는 없다

시간을 알코올에 넣고

흥청망청한 공간에 던졌어도

마음은 고귀한 핏줄

부정할 수 없다

CSI 과학 수사대

DNA는 증명하고 있다

몸은 죄에 찌들어도

시간이 증명하고 있다

지구에 엎어져 토악질해도

무명 속에 잠들어 있어도

돌아갈 것이다

마음엔 비범한 핏줄

예민함

신경의 예민함은 책방에서 불교를 집게 했다

인생의 모든 시간

불교로 신경증을 풀었다

예민함은 불교 여기저기를 뒤지게 했고

경전 깊숙이 읽게 했고

명상은 예민함이 병적으로 하던 일상이다

불교 이전에 불교에 들어가 있었고

스님을 만나기 전 스님의 명상을 듣고 있었고

통증은 정진을 깨우는 죽비였다

아픔이 수행을 밀어붙인 셈이다

청춘에 머리를 깎고 행자 짓을 한 것이다

가혹한 팔자 예민함은

전생에서 이생으로 가져온 선택이었다

병을 풀면서 마음이 보였고

석가 앞에서 울었다

풀 수 없도록 얽힌 타래

석가가 풀어주었다 풀어주었고

갈길 데려가게 손잡아주었다

나도 그랬어

그리고 세상이 무섭지 않다

시간이 키운 것이다

소스라치게 놀라던 청춘은 지났다

인연들이 잡아주지 않았으면

이어오지 못했을 시간

녹용을 꾸준히 준 사슴

냄새로 기력을 준 침향

잠을 도와준 OPJINQ

밥을 허락한 남편

이야기를 들어 준 아버지 엄마

남천동과 바다……

여기까지 오게 했으니

보시 인연들이 시간을 연장해 주었다

손잡아 줄 것이다

받기만 하는 시간을 넘겼고

보시할 수 있는 시간을 얻었다

아들과 청춘에게

"나도 그랬어 젊은이"로 시작할 것이다

CORONA

강남 집을 팔고

깊은 숲으로 갔다

강남에선 섞여야 하고 마셔야 하고

폰phone 울리고

넘치게 먹고 새벽부터 바빴지만

육신이 바쁠 뿐이다

얻은 것은 없고 마음은 팽개쳐있다

허상을 좇는 물거품

알코올 가득한 위장에 알코올 붓는다

내뱉는 말은 헛소리고 듣는 사람도 없다

공허한 해가 뜨면

숙취 가득함을 이끌고

폰 울리고 섞이고 마시고

뭘 한 걸까?

우주는 지구를 그냥 둘 수 없다

계엄령처럼 corona가 쳐들어 왔고

우왕좌왕하지만

진화할 것이다

오래된 미래

석가는 알고 있었다

오래된 미래 B.C 6

말법시대 올 거라고

석가는 왕관을 내려놓고

애마 찬타카에 올랐다

왕가의 화려함 속에서도

얻지 못한 법을 찾아서

갈퀴를 휘날리며

수행 속을 달렸다

고행 속으로

앙상함 속으로

왕궁의 부귀 속에서 보이지 않던

오래된 미래

숲속에서

고요 속에서

드러났다

성불! 오래된 미래

비상구

빨간 드레스 빨간 루즈

파티에 취하고 알코올에 취하고

락밴드 드럼에 취했다

그러나 그것뿐이다

서점 책 속에 파묻히고

영화에 골몰하기도

그러나 새로운 미래를 보여주지 않았다

권태가 날 죽일 것이다

지루한 아침 해가 날 죽일 것이다

50이 60되고 70되고 80되고⋯

그래도 죽지 않는다

죽지 않음이 날 죽일 것이다

7시 12시 4시 8시⋯

째깍째깍⋯⋯

시간이 죽일 것이다

고장 날 정도로 시간이 시계 속에서 돌고 있고

나도 시간 따라 돌고 있지만

새로움이 없다

저녁이면 달이 뜨고 아침이면 해 뜨고

달 뜨고 해 뜨고 달 뜨고……

태양계가 움직여도 아무 일이 없다

아무 일이 없는 것이 죽일 것이다

그러나 과거의 어느 한 지점 B.C 6

과거에서 미래를 봤고

그 비상구로 달렸다

우주 경고

POST CORONA?

다른 먹고 먹이고 마시고

의 다른 방법

더 큰 동그라미를 지구인이 그리길

털 없는 원숭이 다른 형태의 의식주

원숭이의 가야 할 미래

골몰했던 미래는 미래를 들여다본다고 오지 않았다

보이지 않는 미래

우주는 넓기만 했고 미래시간 인간에게 무리다

미래는 과거에서 왔다

과거를 파고들어야 미래의 형태가 보였다

오래된 과거 속에 이미 미래는 숨 쉬고

처음과 끝까지 보여주고 있다

B.C 6 과거에서 걸어 나온 석가

이미 미래를 걸어왔고

끝으로 걸어갔다

과거에서 미래를 설법했고

과거에서 미래에 서 있었다

지구의 나갈 길

CORONA는 과거 우주가

우리에게 보내는 경고다

PENALTY

진화 않고 퇴행하는

지구에 어질러 놓은

현재 지구에 대한

과거의 질책이다

미래에서 온 패널티다

과거 미래에 저장된 시간의 DNA RNA

현재를 자각시키고 깨우는 시간이 왔다

그나마 명상할 시간을 주고 있다

시간을 깔끔하게 사용하지 않았다

뭉텅뭉텅 흘려보냈다

시간을 진화에 쓰지 않았다

물처럼 첨벙첨벙 오는 줄 알고

시간을 첨벙첨벙 흘려보냈다

돈은 아깝게 세어 보지만

돈처럼 아까워하지 않았다

시간이 채찍을 가한다

시간 앞에 앉히고

견딜 수 없는 고요에 앉히고

시간을 곱씹게 하는

CORONA

우주는 보았다

인간계가 지구를 망치는 것을

앞선 지구 지배자 파충류 공룡과

다름없음을

아니 더 폭력적이고 부정적이며

황폐시킴을

죄질 불량함을

풍문으로 듣기도 했다 지구 종말

corona는 행성의 충돌은 아니지만

강압적인 진화의 결정이다

오랫동안 소리를 내지 않는

붓다를 봤다

오랜 과거 속에서 미래를 말해 주고 갔지만

깊은 과거에서 지금의 때를 말했건만

진지하게 보지 않고 듣지 않는

말법의 시대

명상

그럴 때 corona는 지구로 왔고

행동의 의미가 돼줬다

모든 접촉은 취소되고 흩어버렸다

말법시대

석가의 예언은 사실이었고

우주로의 명상은 확신을 줬다

지구인은 더 이상 먹고 마시고

에서 탈피했고

모이지 않고 모일 수 없었고

빵으로만 사는 것이 아니었다

예수의 예언도 사실이었다

각각의 공간에 앉아 할 수 없이 명상을 했고

흐물흐물하던 명상이 단단해지며

빛을 냈고 빛이 뻗치며

명상이 우주로 뻗치면서

우주에서도 빛이 내려왔고

우주의 빛을 받아먹었다

유대 광야에서 먹던 만나처럼

어깨를 폈다

서양은 아시아를 싫어한다

아프리카도 아시아를 싫어한다

재앙은 동양에서 왔다고

속눈썹. 파란 눈. 금발. 하얀 피부. 큰 키

주눅이 들었다 서양에

까만 피부 더 까만 눈 가슴 엉덩이

소심해졌다 흑인에

입을 다물었다

그러나 동양에 오신 부처님

노년에 먼지 묻은 설법을 발견하고

어깨를 폈다

우주 엄마

깊은 신뢰가 있어야 한다

인문학적으로 미래를 보는 것

실험실 비이커나 화학실험으로

결과를 보여 줄 수 없으니

칠판의 계산. 계산의 결과. 천문학도 아니니

깊은 믿음이 필요하다

석가의 제자들은 허둥대지 않는다

그저 믿어야 한다

전기의 직렬 병렬이나

수학적 증명의 결과가 아니니

과거로부터 해 온대로 믿음대로

숲속에서 고요 속에 그 있는 자리

우주 – 지구가 아닌-로 contact 하고 있다

지구가 우주적 행위 하도록

corona19는 사랑이다

죄지었지만 탈출구를 주고

회개하도록 갈 길 열어주고

우주는 엄마다

불교문예시인선 · 044

우주

©박지애, 2021, Printed in Seoul, Korea

초판 1쇄 인쇄 | 2021년 11월 15일
초판 1쇄 발행 | 2021년 11월 20일

지은이 | 박지애
펴낸이 | 문병구
편집인 | 이석정
편　집 | 구름나무
디자인 | 쏠트라인saltline
펴낸곳 | 불교문예출판부

등록번호 | 제312-2005-000016호(2005년 6월 27일)
주　　소 | 03656 서울시 서대문구 가좌로2길 50
전화번호 | 02) 308-9520
전자우편 | bulmoonye@hanmail.net

ISBN : 978-89-97276-57-8 (03810)
값 : 10,000원